DEUX ODES

DÉDIÉES

A SON ALTESSE ROYALE

MADAME

LA DUCHESSE DE BERRY,

Par Honoré-Lénon Geusollen, Docteur en médecine à Marseille, etc., etc.

MARSEILLE,

IMPRIMERIE D'ACHARD, RUE GRIGNAN, N° 26.

M DCCC XXII.

ODE

Sur la Naissance de S. A. R. Monseigneur
le Duc de Bordeaux.

C'est un Prince ! A ce cri d'amour et d'alégresse
Qu'élance jusqu'aux cieux un peuple dans l'ivresse,
France, viens contempler ton jeune Souverain;
Viens, pour toi désormais il n'est plus de nuages
Qui puissent menacer de funestes orages
      Ton avenir serein.

  Oui, ce nouvel HENRI, que le Ciel nous envoie;
Cet Enfant de l'Europe, objet de tant de joie,
Affermit à jamais notre félicité.
Le perfide ennemi de sa race chérie,
Tombera devant lui, comme l'herbe flétrie
      Par un soleil d'été.

  Le méchant avait dit dans sa noire pensée,
C'en est fait, des Bourbons la tige est renversée,
De leur trône désert je pourrai m'emparer.
L'enfer a triomphé des vertus d'une race
Que neuf siècles ont vu régner avec l'audace
      De se faire adorer.

Impie, et tu croyais que le Dieu de nos pères,
Ce Dieu qui mit un terme à nos longues misères,
Te laisserait briser le sceptre de nos rois?
Que ce Dieu protecteur livrerait à ta rage,
Des enfans de Henri l'immortel héritage,
     Nos autels, et nos lois?

Ce Dieu que blasphémait ton horrible espérance,
Veillait dans l'avenir sur le sort de la France,
Et le fils du martyr avait reçu le jour;
Ange consolateur que la bonté divine,
Déposa dans le sein d'une chaste héroïne,
     Objet de notre amour.

C'est ainsi que du Ciel la faveur tutélaire,
Nous paraît impuissante, ou vaine, ou passagère,
Selon qu'elle se cache aux regards des humains.
Insensés, admirons l'immuable Sagesse,
Sans vouloir la juger d'après notre faiblesse,
     Et l'œuvre de nos mains.

Les arrêts du Très-Haut, souvent impénétrables,
Même dans leurs rigueurs sont toujours adorables.
Mortels, nous ignorons ce que fait l'Eternel.
Sommes-nous impunis, nous croyons qu'il sommeille,
Mais lorsque tôt ou tard sa justice s'éveille,
     Malheur au criminel.

(5)

Oui, malheur à celui de qui la voix impure,
Répondant aux bienfaits par l'offense et l'injure,
Outrage un souverain, père de ses sujets,
Des noms de liberté, de gloire et de patrie,
Orne la trahison, et masque la furie,
 Des plus affreux projets.

Inutiles efforts, serpent caché sous l'herbe,
Ou Titan révolté, levant un front superbe,
L'ennemi des Bourbons, du Ciel, et de l'état,
Est connu par sa haine au prince légitime,
Par son impiété, par l'auguste victime
 Du plus lâche attentat.

O douleur! ô regrets! faut-il que je rappelle,
La nuit pleine d'horreur, d'une horreur éternelle,
Où Berry succomba sous le fer assassin?
France, tels sont les fruits des doctrines fatales,
Dont l'infâme artisan de trames infernales,
 Empoisonne ton sein.

Mais le bras du Seigneur pour nous se manifeste,
Le tems est arrivé qu'une clarté céleste,
Dissipera la nuit de mensonge et d'erreur,
Où l'impie, aiguisant son poignard politique,
Ose parer du nom de la chose publique,
 Le meurtre et la terreur.

Dieu-donné, c'est par toi que de la France unie,
Disparaîtra bientôt la discorde, bannie
Comme l'ombre à l'aspect du céleste flambeau.
Les plaisirs renaissans, les haines étouffées,
L'amour de l'univers sont déjà les trophées
  Qui parent ton berceau.

Digne fils d'une mère en vertus si féconde,
Dieu comblera les vœux de la France et du monde,
En protégeant ton règne au bonheur destiné.
Cher prince, les bienfaits que sa main te dispense,
Sont encor parmi nous la juste récompense
  D'un père infortuné.

Mais quel bruit a frappé mon oreille attentive ?
Quels torrens de lumière et plus pure et plus vive,
Attachent dans les airs mes regards incertains ?
Le Ciel s'ouvre, que vois-je ! Oui, c'est Berry, lui-même,
Tel nous verrons paraître au jugement suprême
  Le chef des séraphins.

Il parle : écoutons tous. Mon fils, la Providence
Destine ta valeur, ta bonté, ta prudence,
A la gloire, au bonheur d'un peuple que j'aimais.
Dieu-donné, tu verras la France florissante,
Sous ton sceptre doré, libre, heureuse et puissante
  Te bénir à jamais.

Plus grand par tes vertus que par l'éclat du trône,
Tu sauras allier aux droits de ta couronne,
L'amour des libertés dont ton peuple est jaloux.
C'est par elles, mon fils, qu'un trône légitime,
Elevé dans le cœur d'un peuple magnanime
   Résiste à tous les coups.

Mais sur la secte impie, auteur de nos ruines,
Ministre redouté des vengeances divines,
Tu lanceras la foudre, elle ne sera plus.
Aux enfers à jamais par tes mains replongée,
Elle ne laissera sur la terre vengée,
   Qu'un souvenir confus.

Il a dit ; et déjà son épouse adorée,
D'un peuple ivre de joie aussitôt entourée,
A celui qu'elle pleure offre l'auguste enfant.
Le martyr a béni l'espoir de la patrie,
L'univers applaudit, et la France attendrie
   Jette un cri triomphant.

ODE
Sur la Mort de S. A. R. Monseigneur le Duc de Berry.

C'en est donc fait, l'enfer a consommé le crime,
Il a versé le sang d'un prince généreux,
Honneur, gloire, vertus, tout est tombé..... Victime
    D'un monstre ténébreux.

Et le Ciel indigné n'a pas lancé la foudre ?
Et nous vivons encor ? ..... Misérables mortels
Courons, du Dieu vengeur qui peut nous mettre en poudre,
    Embrasser les autels.

Celui que nous ravit un attentat funeste,
De l'Eternel sans doute a fléchi le courroux,
Grâce, dit-il, *pour l'homme*, et son âme céleste
    Alla prier pour nous.

Qui peindra cette nuit d'épouvante et d'alarmes,
Ce lit de mort témoin du plus grand des malheurs,
Ce peuple consterné qui vient mêler ses larmes
    Aux royales douleurs.

Un héros expirant, sa famille éplorée
Aux accens immortels de sa mourante voix ;
Un père, une orpheline, une veuve adorée,
    Veuve de tant de Rois.

La lyre est impuissante..... on frémit..... on admire.....
Et l'on pleure..... Ah ! pleurons sur nous, sur nos neveux.
Mais anéantissons un infâme délire ,
  Et ses horribles vœux.

Du génie infernal, auteur de nos misères ,
Il est tems d'arrêter les sinistres complots.
C'est du sang qu'il demande, et le sang de nos frères
  Coulerait à grands flots.

Mais en vain d'un Louvel le poignard parricide
Entr'ouvre de nos maux l'abîme encor sanglant.
On ne lèvera plus la hache régicide
  Sur un peuple tremblant.

En vain des furieux que blesse un rang suprême ,
Exhaleront leur rage en efforts superflus.
La France a dans le Ciel, assis près de Dieu même ,
  Un protecteur de plus.

Oui BERRY, ce martyr que la gloire environne ,
Ce prince tout français , ce héros, ce chrétien ,
Veille du haut des Cieux sur l'autel et le trône ,
  Dont il fut le soutien.

Hélas! faut-il par lui que tu sois avertie,
France , entoure ton Roi , ton père , ton appui.
Songe que ton bonheur, ta gloire anéantie
  Périraient avec lui.

Des enfans de Henri, si la race immortelle
Est le plus sûr garant de ta prospérité.
Souviens-toi qu'à jamais tu perdrais avec elle,
    La paix, la liberté.

Oui, cette liberté qui ne te fut promise,
Que pour mieux t'asservir au joug des factions.
Qui n'a regné sur toi, que tu n'as bien acquise
    Qu'au retour des Bourbons.

Et leur noble héritier, ô justice divine!
Et l'orgueil du présent, l'espoir de l'avenir?
Berry, serait tombé sans aucune racine
    Qui puisse refleurir ?

Non, Dieu des malheureux la plus ferme espérance,
Ce Dieu qui releva le trône des Louis,
Ne veut pas que les biens les plus chers à la France
    Se soient évanouis.

Un Roi miraculeux, vierge de Parthénope,
Héroïque princesse, existe dans tes flancs;
O mon Dieu, tu le dois aux Bourbons, à l'Europe,
    A nous, à nos enfans.

Vois cette tendre épouse à tes pieds prosternée,
Rechauffant de ses pleurs la cendre d'un tombeau;
Et fais lui retrouver, mère plus fortunée,
    Berry dans un berceau.

www.ingramcontent.com/pod-product-compliance
Lightning Source LLC
LaVergne TN
LVHW021104050726
842519LV00005B/1809